李卓吾先生批評紅拂記 二

李卓吾先生批評紅拂記卷下目錄

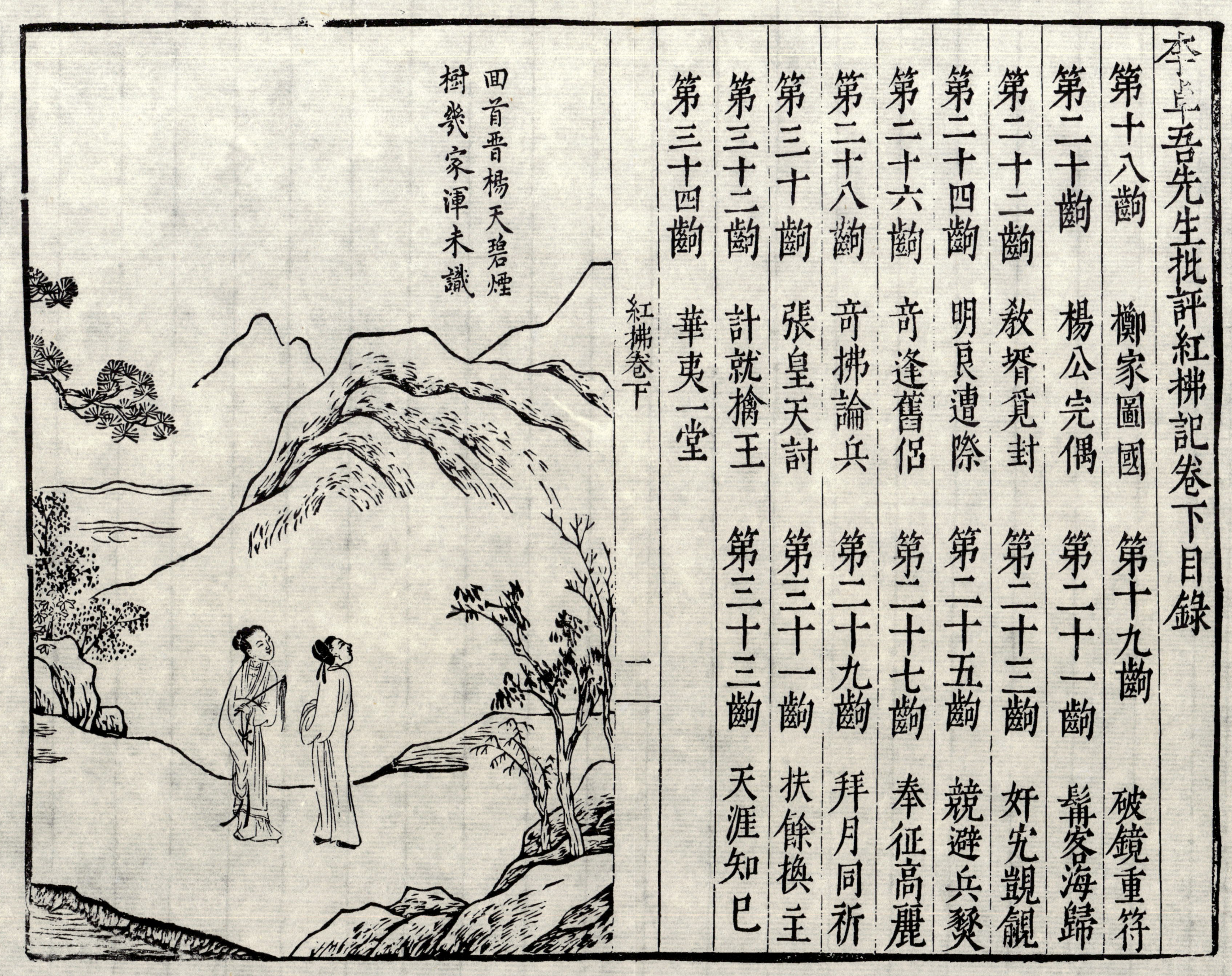

李卓吾先生批評紅拂記卷下目錄

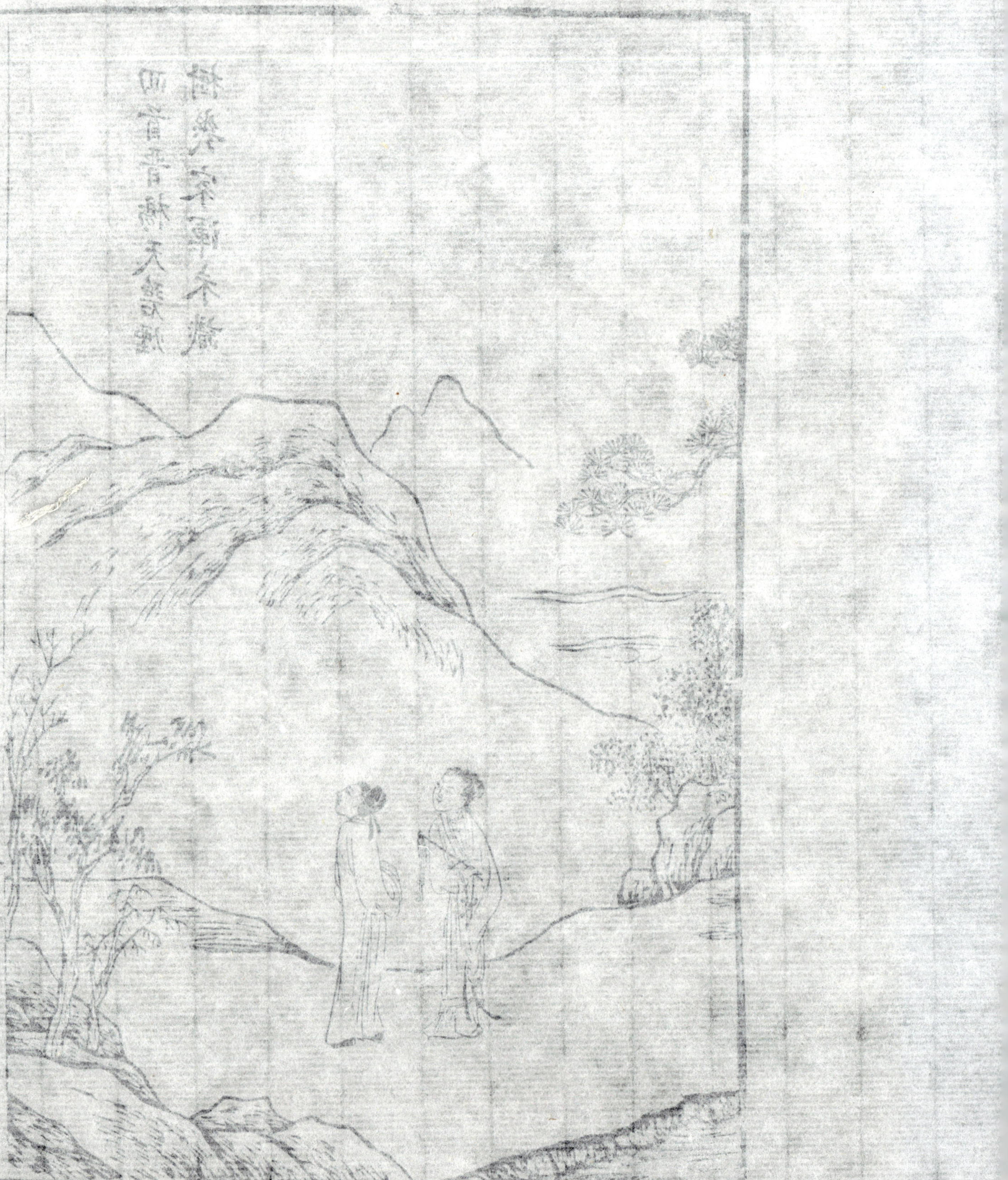

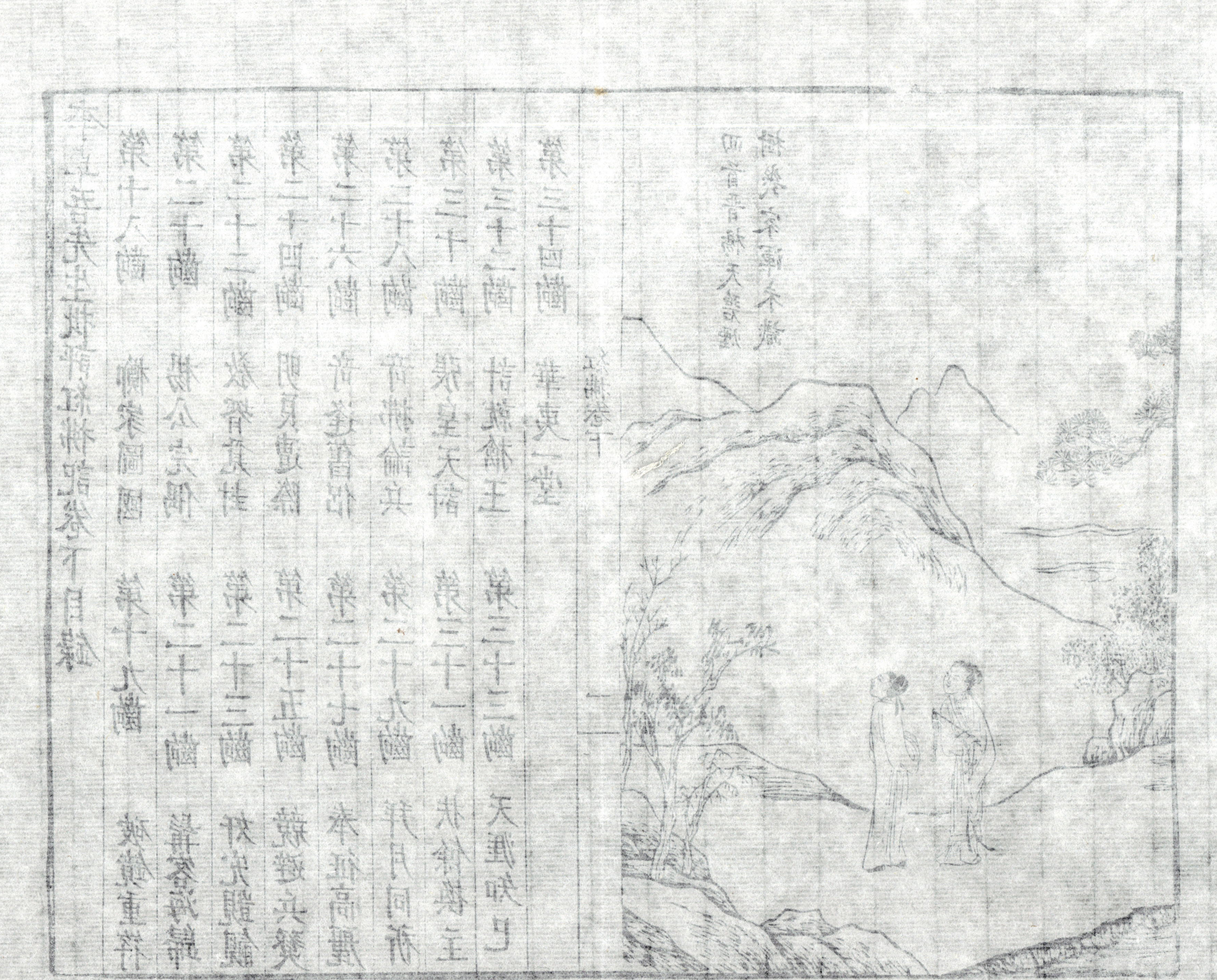

受他風雪耐他
寒

一鞭殘角斗
橫斜

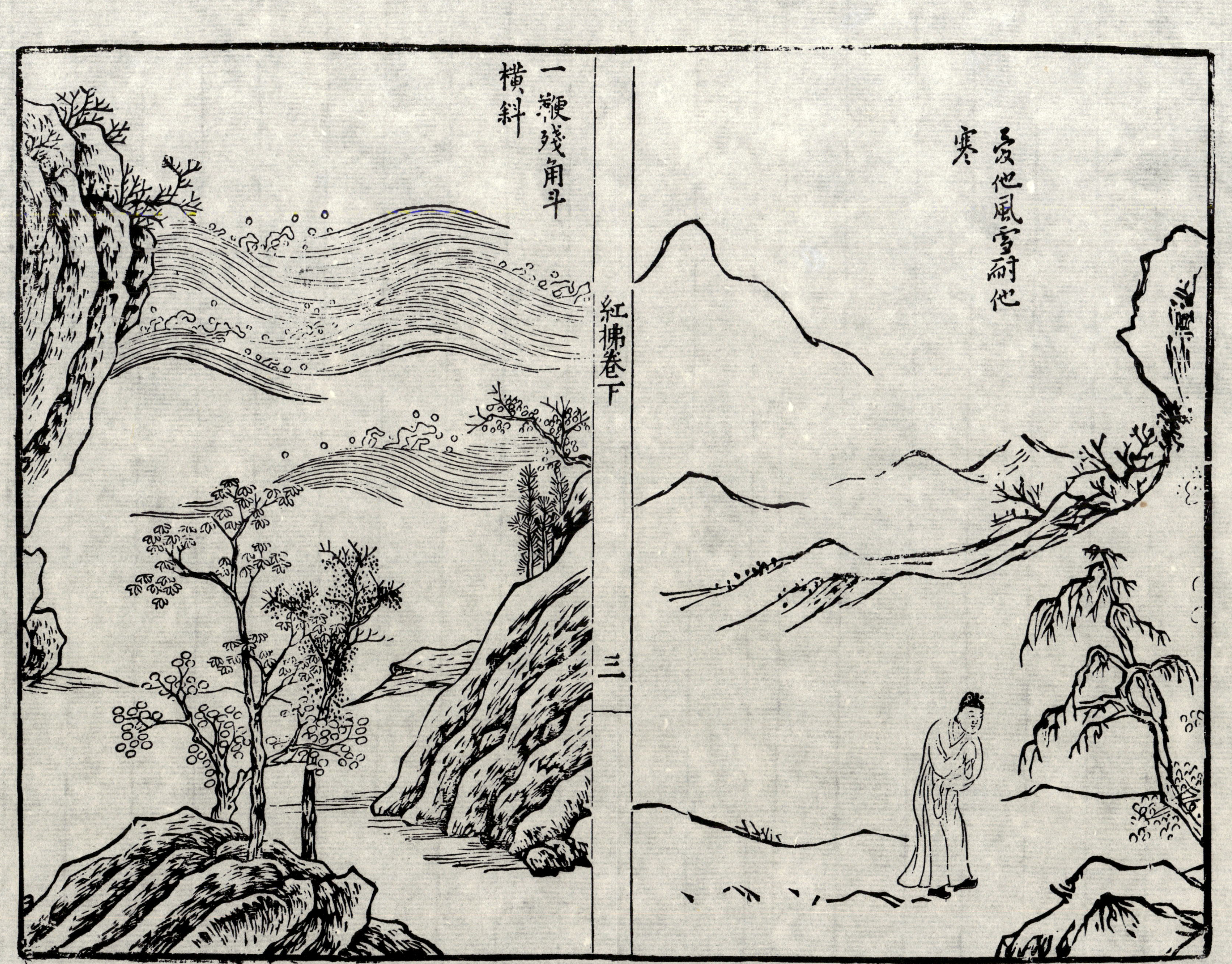

门掩梨花夜
雨時

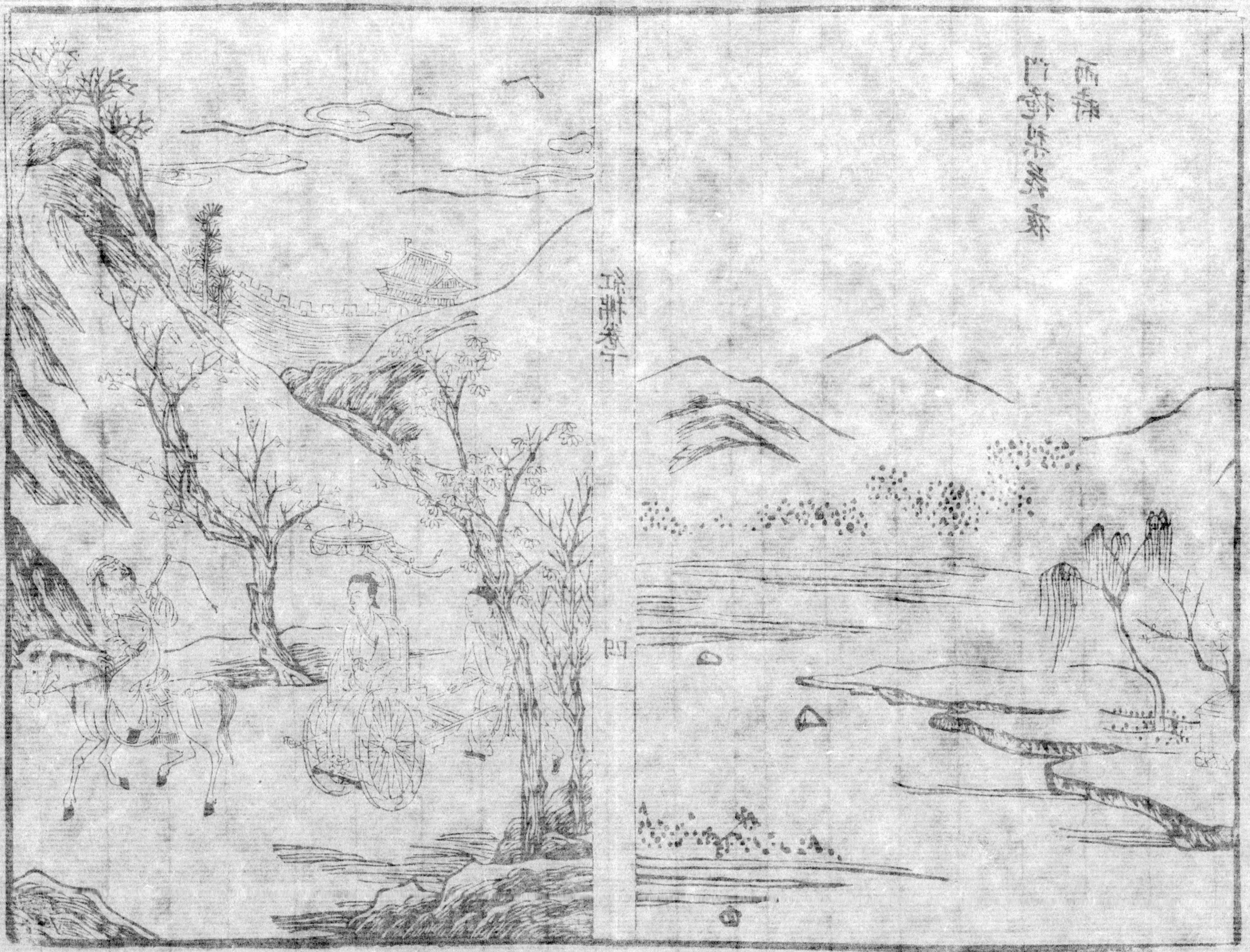
西樓

水流花落鳥
聲愁

一灣流水三山松五柳
當門半畝宮

何事関情一樹
煙

鞦韆院静落花飛

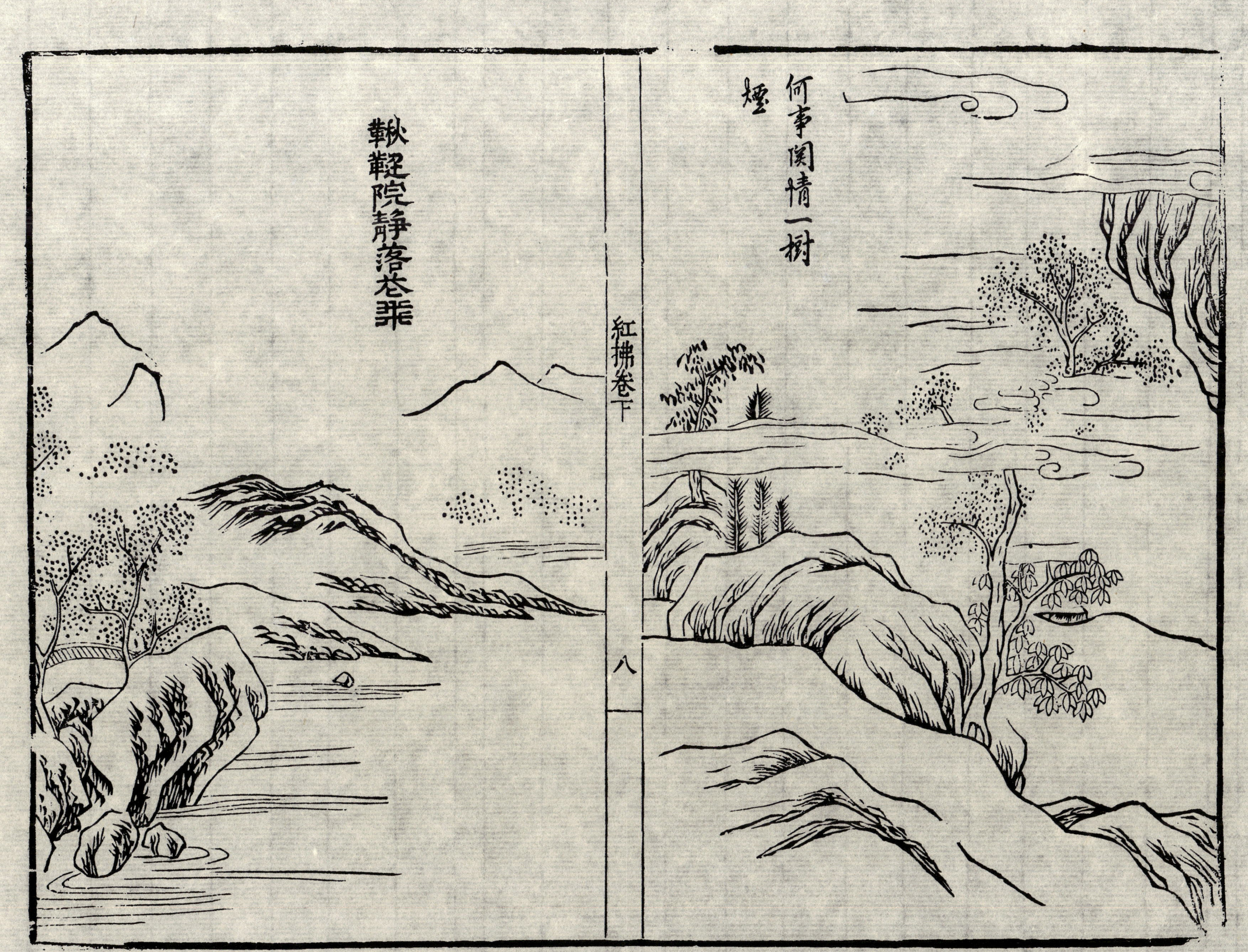

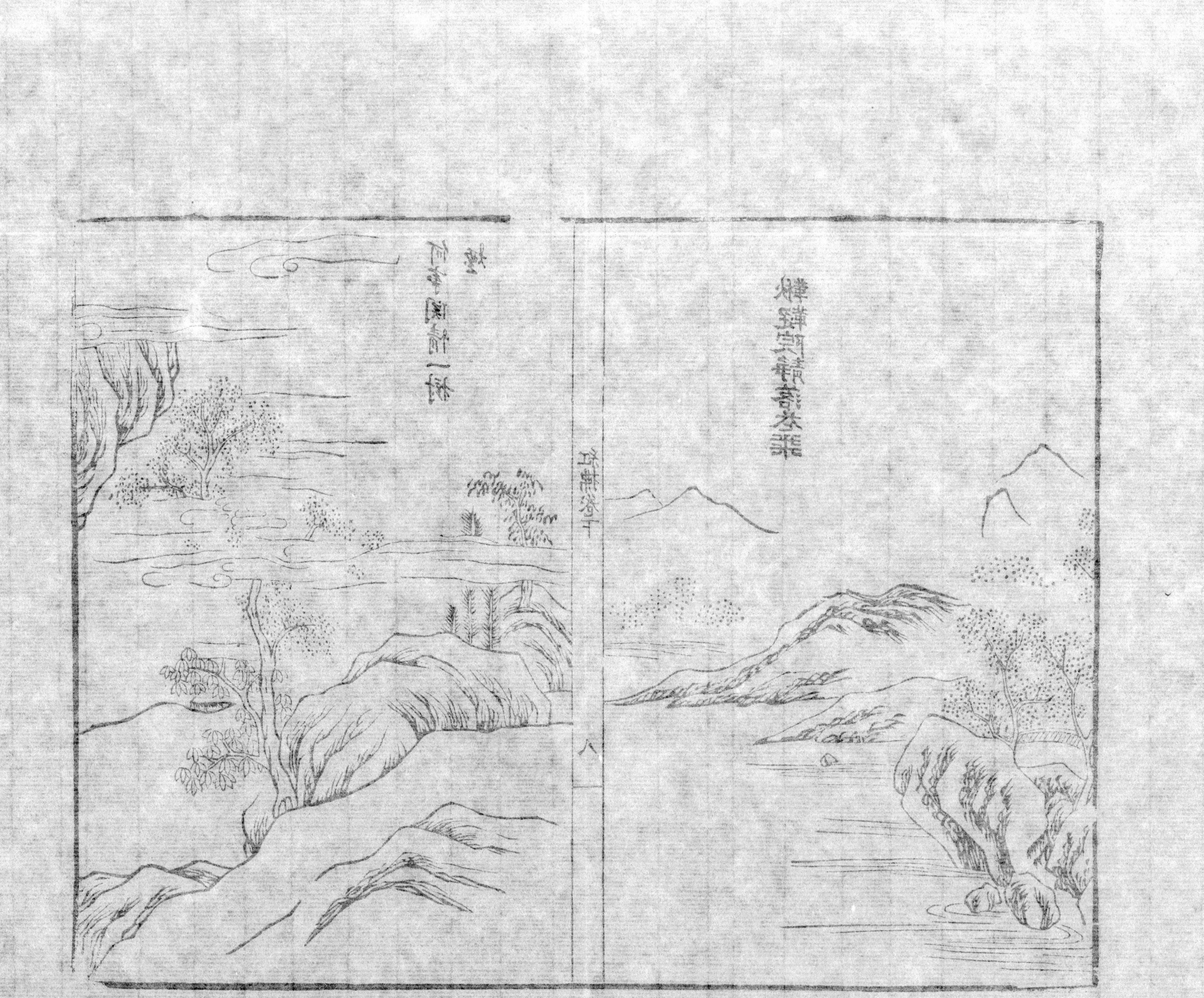

漁歌一曲起菰蒲

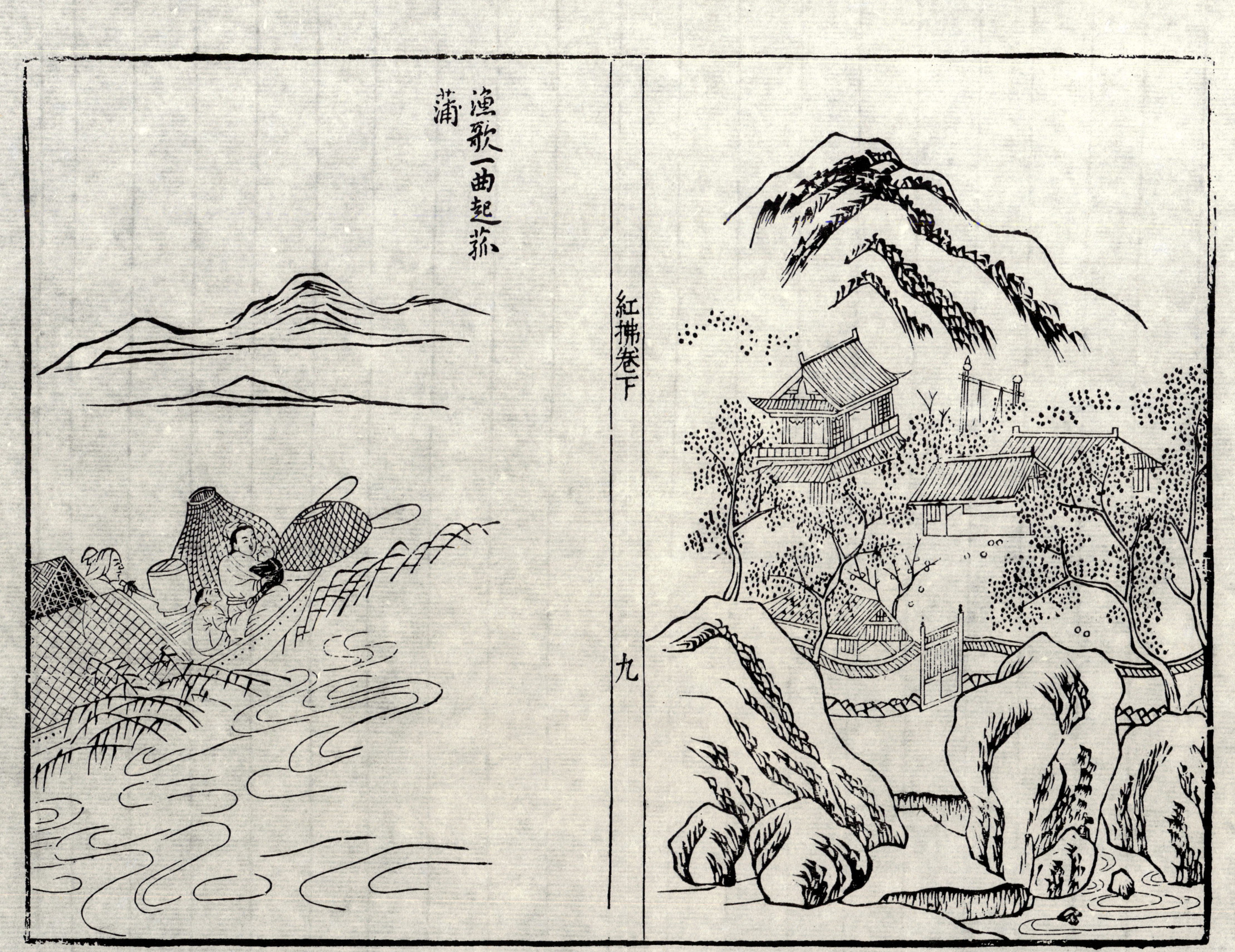

依ゝ々流水遶村庄

那知那是文君反把相如竊去
還要強口

李卓吾先生批評紅拂記卷之下

第十八齣　擲家圖國

【謁金門】（生同旦上）（生）情脉脉。回首晉陽天碧。烟樹幾家渾（光景恍然）
未識小門何處覓。（旦）弱體朝行無力。不耐氷霜經歷。（合）京（夜奔却有力）
國風烟如徃昔。幽尋應咫尺。
（生云）馬蹄歸處踏神京（旦云）繞過長亭又短亭（合）正是
小橋松徑密須知山遠路難憑（旦云）官人看着與你私
出西京不道今日又同到此司空既不追尋我今日就
與你同行也不妨了

【沉醉東風】（生）想當初同出帝畿正慌忙向他鄉逃避你那
司空不見你我呵只道我似司馬相如道我似司馬相
如把文君竊去應猜做琴臺風致（合）爲郎才女姿非是雲
邀雨期這情踪傍人怎知○（何必人知）
【前腔】（旦）自那日把新妝改易悄出門偷從君子司空不見
了我呵只道我似賈女私窺道我似賈女私窺恐指恩
負主應猜做偷香情緒（合）爲郎才女姿非是雲邀雨期這
情踪傍人怎知○（却不怎的）
（生）說話中間不覺到武陵坊了你看那曲巷短墻板門
小宅多分是張兄家裏不免試問一聲（作問科）（丑上）應
可是李郎一娘子麼（生）你爲何（痴）知道我來（丑）我主人差

西明巷第一家則熟

奇人奇

事令有兄弟底家者何如何如

你受令政又是有名的

這是那婆娘

我在此相待良久二位請進來少待通報（丑下）（旦看科）如何外面小門裡面到有如此好房子（生）張兄舉止異常他潛踪于此必有緣故 奇 通得

生查子（外占扮虬髯夫婦上）深樹隱門閭正是談心處門外有嘉賓斂袂歡迎入

（外）李郎一妹為何來遲（生旦）因路逕不熟尋問而來故此到遲（生旦外占合拜科）

園林好（生）乍相逢歡同故知許相邀不失故期深自愧資身無計空兩手造華居之執贄効芹私 ○ 秀才氣 俗甚

江兒水（外）一片男兒氣相投似有期相逢肯使空歸去我這些少家貲都讓與你須持予之贈以佐明主你看這蘭堂桂室堪居住耕奴織婢堪驅使 真英雄（丑末持箱上）（外）資斧千箱完具盡付君家好佐那人行事（生）小生受之無名斷然不敢 ○ 秀才氣 俗甚

五供養（旦對生科）我和你驟然來至他便傾家都付與伊中間應有意何必苦推辭 也是（旦轉身對外科）張兄你何不同事使嫂嫂與我同居共處謀王同力助定覇兩心齊談笑功名斷金之利 ○ 曲好 關目好

玉交枝（占對旦科）勞卿勸取他素心我也未知如今知事應難濟方纔說與我端的他擒兎月中謀已他怕從龍人

此婦人亦通

下心難死又未知他改圖甚的這其間也隨他意兒

英雄

【川撥棹】（外指占科）休聒絮李郎一妹我明言須記取如今向海角天涯如今向海角天涯十年間須當建立定因風寄與伊定因風寄與伊

何必

奇

李郎我一一交付與你我夫婦止帶一奴隨行就此拜別出門了（生旦）兄嫂何忍就去

真豪傑 真丈夫 真聖人 真菩薩

不濟不如他 兩個多了

【尾聲】（外占）行踪已決留難住（生旦）何事別離容易（合）地北天南教人起夢思

（外）贈君居宅與金貲（占）要建功名好及時

（生）忽漫相逢又成別（旦）只今回首是天涯

第十九齣　破鏡重符

【金焦葉】（小生扮徐德言上）千思萬思我渾家知他怎的打不破愁城恨圍磨不了山盟海誓

【青衫濕】南朝千古傷心地還唱後庭花舊時王謝堂前燕子飛入人家○夢中空遇仙姿瑩雪宮髩堆鴉不知遊子貎衰敝盡流落天涯自家乃前朝駙馬徐德言便是自故國喪亂與公主分別約以元宵賣鏡爲記希圖後會今日及期出來問個消息又遇這般大雪正是憐卿謾道爲卿苦　愛他風雪耐他寒

有致　冷

【山坡羊】白茫茫六花飛墜亂紛紛如風飛絮我虛飄飄浮

有致態

踪似伊雪花我既相似你也合相憐我如何偏打在我面上來你看冷颼颼撲面無情緒我那公主我展轉思此情訴與誰近來聞得他没入在矦門楊越公府中了他矦門一入深無底陌路蕭郎一絲空繫緘書闕河鴻雁稀魂迷陽臺雲雨疑

〔丑上云〕賣鏡賣鏡受人之托必當忠人之事老爺差我出來賣此破鏡中間必有緣故前面有人不免再叫幾聲賣鏡賣鏡〔小生向前問科〕老人家你的鏡兒值得幾文不等個晴暖天色出來却在這風雪中賣他〔丑〕秀才你那里知道我這鏡非同小可一向無人識他恐怕埋没這段清光（妙）因此不辭風雪爲他求個售主〔小生〕你借與我看看〔丑遍鏡小生看哭科〕

關目好

前腔眼睜睜瓊簪敲碎苦哀哀銀瓶剛墜痛煞煞當時鏡分哭啼啼各自湮紅淚老人家我且問你這鏡兒誰將付與伊〔丑〕你要買就買不是來歷不明的〔小生〕分明說與咱詳細〔丑〕這等看起來你敢有一半對着我的麼〔小生出鏡科〕這鏡兒在懷中那人兒何處〔丑〕我實對你說罷這鏡在楊越公府中出來的你只隨我去自有好處〔小生〕多謝你只是越公府中不是要處我如何敢進去〔丑〕你只隨我去管取不妨〔小生〕我待相隨還愁惹是非待不隨如

真真

妙妙

何得信息（丑）來至此間是府前了你只住在此我與你打
個消息來回你眼望旌捷旗耳聽好消息（丑下）
【前腔】（小生）急忙忙隨他來至他慌張張將咱留住戰兢兢
未知死生眼巴巴怎望得他來至我不道這兩半面鏡兒
也有湊着的時節這鏡兒還有會合時我如今空手沒（不可知）
巴臂半日倉皇一天憔悴鏡子我若照你時呵須知羞看
鬢有絲他若照你時呵須知羞看減玉肌（妙）（更妙）
此間官府往來怕有認得我的不當穩便不免在耳房（象人駙馬）
內少避一回待他回報

鏡與人俱去　鏡歸人未歸
無復姮娥影　空留明月輝

楊素是個俠烈丈夫徐德言來自遣楽昌夫僕但終朝凝望則未必耳

第二十齣　楊公完偶
【繞地遊】（外扮楊素占扮樂昌上）（外）終朝凝望爲爾添惆悵（不象）
待人回必知的當（占）眠思夢想觸目成悽愴知他每有誰
依俠
（丑上）踏破鉄鞋無覓處得來全不費工夫老爺磕頭（外）
你回來了鏡兒可有人買麼（丑）禀老爺小人正在街上
市賣偶遇個秀士聞說賣鏡就討去看一見了就哭將
起來小人問他端的他身邊果有半面湊來不差如今
小人聽得他來在府門首了（外）莫不他去了（熱心）（丑）他的半

好關目　大聖人活佛

面鏡子被小人拿來了他一定不去（外接鏡與占看）占
作悲科是了奴家也知道他一定不去（外）你如何就知（好）（妙）
他不去（占）他既知奴家在此要圖一面縱令萬死豈肯
廻避（外）既在門首可喚進來（占）他原是文士望老爺禮（妙）（妙）
貌他些（丑）秀才有請（妙）
金瓏璁（小生）偷身尋去向窺人不敢聲揚聞召命轉徬徨（滯）（真）
路當險處難廻避事到頭來不自由（丑）老爺在此過來（貨）
相見（小生拜科外作扶起回指占科）此是何人你可認
得他麼（小生占各背哭科）（外）取酒過來你二人都坐了（豪傑）
（主）司空在上豈敢坐（外）你雖亡國勳戚乃是江左名
士坐何妨（小生占坐外把盞遍小生占科）徐生你一

向斷雁孤鴻可曾尋偶否
二郎神（小生）漫悒怏歎一雁西飛路渺茫正鎩羽垂頭無
倚仗浪書空咄咄迤逗柔腸那里有心情來妄想（外）你如
此青年怎禁受得這般冷落（小生）任冷落梅花孤帳（背
科）空相望似隔河牛女對面參商（好關目）
（前腔）（占）堪傷秦樓鳳去簫聲絕嚮把花艸吳宮成夢想（外）
你們初諧伉儷記得年幾多少（占）記盈盈十五妝成始
嫁王昌歎回首珠簾塵結網把伉儷一時撇漾（背科）空相
望似隔河牛女對面參商（便俗）

大慈大悲救苦救難　　妙　　果然　　大大豪傑

【囀林鶯】（外）看他垂垂偷墮淚兩行，使人驀地心傷。他經年寂寞芙蓉帳，分明我折散鸞凰。把他青春虛曠，埋沒了畫眉張敞。漫思量，恐見這低頭輾轉迴腸。（真聖人　真菩薩）

【前腔】（小生背科）聽他言詞多慨慷，想他不甚隄防。只是檻猿籠鳥難親傍，料別來消減容光。愁心勞攘，怕眼下風波翻掌。（背指占科）漫思量，恐見低頭輾轉迴腸。（光景真情　真懷）

（外指占云）你平日長於詩賦，何不把眼前的事情賦成一詩誦與我聽。（腐而趣）

【啄木鸝】（占）聞嚴教，自忖量，（背哭科）侍尊前強把愁眉放。若教人，撇舊憐新，怎下得義負恩忘。盈盈淚閣秋波決，重重恨鎖春山上。論兒郎，羅敷空有，漫效野鴛鴦。（真）

稟老爺，詩成了。（外）誦與我聽。（占誦詩）今日何遷次，新官與舊官。笑啼俱不敢，方信做人難。（外）好詩好詩，聞之使人酸鼻。（愛遊畫　真情妙絕　可憐可　亦是人品）

【前腔】（外）新詩句倍慘傷，想啼笑俱難，非是謊。笑咱每風月襟懷，肯教人雲雨分張。你當初鏡破鸞孤往，今朝重合妝臺上。謝伊郎，使君有婦，肯效野鴛鴦。（丈夫　作人　妙）

徐生，你聽我說。我終不然戀他的姿色，斷你的恩情。我如今把你的渾家依舊配還你，只是你作客十年，如張儉想家徒四壁，類相如。我就將陳公主的妝奩爲徐舍（要豪）

也不推辭

人的行李你也不消推辭（小生）小生亡國之士墮落泥中相公時雨之恩出於望外本當執御以侍晏嬰非敢泛舟而希范蠡只是漂流已久豈無風木之思伉儷重諧方有室家之戀今欲暫歸祭掃後當圖效涓埃不知相公肯見許否（外）我賓主當有相留之情你夫婦已决同歸之志固應聽允何必强從我分外有白金二錠聊（占）文一通與你前去（占）奴家既蒙不殺之恩又荷重諧之賜啣環無地結草何年（小生）我們就此拜別前去

（廢）（巧）（豪）

【黄鶯兒】（小生）幾載歷冰霜喜春回連理芳債緣勾却三生帳新愁頓忘舊約頓償一朝提挈青雲上（全占禱告天科）告蒼蒼看願他壽添海屋福祉似川長

如何叫□□激

【前腔】（占）公相度汪洋續冰絃賴主張粧樓打疊秋波望鏡重圓轉光花重發轉香這般恩德如天樣（合禱科）告蒼蒼（他）願他壽添海屋福祉似川

（禱更妙）

（外）近日打報子來盜賊生發你夫婦回去路上須要仔細（婆子氣）

（小生占拜辭科）多謝相公

（外）全恩割愛許相親　（占）破鏡重圓謝主人

（小生）惟有感恩幷積恨　萬年千載不成塵

第二十一齣　髯客海歸

（外同占上）枉自勞心十載餘功名到手却成虛如今且

真豪傑

作任公子青海灘頭學釣魚自家一天好事漸漸成來不道太原有一真主難與爭衡娘子豈不聞古人有言識時務者在乎俊傑我如今把這此行徑都付與李郎成就得他也不在了我這一片心了我和你與他分別不覺又行了數程你看好風景也呵好悶人也呵

【北新水令】一鞭殘角斗橫斜猛回頭壯心猶熱帝星明復隱王氣見還滅漫自評騭打疊起經綸手覇王業

【南步步嬌】（占）逶迤山徑隨黃葉雁外流霜月迢迢去路賒地北天南夢寬難越無端車馬歎馳驅從征又與家鄉別

【北折桂令】（外）坐談間早辨龍蛇把袖裏乾坤做夢裏蝴蝶狠的人海泮山裂不禁支髮空跌雙靴祗因為自認做豐沛豪傑因此上小覷了韓彭功烈我想起那李公子呵所事撐達與他爭甚麼鳳食鸞棲我自向碧梧中別尋支節

【南江兒水】（占）搖落長途裡西風分外冽秦娥夢斷秦樓月樂遊原上清秋節咸陽古道音塵絕柳色年年傷別西望長安那里是雲中宮闕

【北雁兒落帶德勝令】（外）空打熬的計團圞把我機關設空磨籠的事完成把我心腸竭我當初的意兒好不狠也誰知道遇敵劫把利名轠收不迭怎肯造赤眉業怎肯蹈烏江轍（占）勝負兵家不可期你為何就要丟手（外）休說早覷

了上場頭一盤兒拆興滅咱若是不識時幾送了也○奇人

（南僥僥令）（占）裙釵應有恨豪傑漫咨嗟借大江山都拋捨又何必絮叨叨多話說○更奇是一對兒

（北收江南）（外）呀到頭來未免受顛蹶弄不如早明决早知拿雲握霧手歎摧折待學東陵種瓜瓞却教人垂頭無語自悲咽○可憐可痛可哭

（南園林好）（占）車盤桓雙輪似遮馬屯邅雕鞍汚沙成都市空勞占卦愁心緒亂如麻堆鴉髩點霜華

（北沽美酒帶太平令）（外）行過處鬼門涉巴前路九嶷遮你看了、海將近了也隱隱波濤似捲雪望洋心空切我想

起這大海知道他磨過了多少英雄也呵變桑田幾多歲月祖龍橋舊基磨滅可惜這片無窮的大水也淘不淨我心性薄劣洗不清我面皮紅熱傷嗟痛嗟若不自寧貼呀那紛爭幾時外歇○說他做恁

（南尾聲）（占）層層蜃市成宮闕仔細看來都幻也空使心機催髩雪○達

（外）十年俠劍漫勞神　（占）千里風烟自苦辛

（合）畫虎未成君莫笑　安排牙爪始驚人

第二十二齣　敎壻覓封

一枝花（生）千金輸一諾傾蓋成知己別後望雲山幾千里○

還是怕他又奔一个人去。

西雁峰高。那得音書至。(旦)闌干閒徙倚。怕花發新枝。笑我玉貌。把人留住。

(南鄉子)(生)惜别獨鶯寬小院沉沉晝掩門事業蹉跎空歎息難言一縷春絲絆客轅(旦)何事繫心猿時不重來仔細論唾手封侯非遠別飛騫莫學村家底樣恩官人你終日安居在此功名一事再不掛懷是何道理(生)小生豈無進取之心。只是放你不下。(旦)呀官人差了你讀盡詩書豈不聞懷嬴勸晉公子之事乎你既有如此才藝又遇這般時節況且張兄所贈貲財足充館穀豈可坐以待老

(駐枝花)你看四方鼎沸羣雄蜂起若還不出展經綸恐怕你置身無地況有張兄呵把家財贈伊家財贈伊資身有具何須縈繫漫遲疑試看龍虎紛爭日豈是鴛鴦穩睡時

○女俠。

(前腔)(生)平生意氣須教遭際終不然爲枳棘鸞栖肯誤却雲霄鵬翅古人有言良臣擇主而事好鳥擇木而棲況那李公子呵是英雄可依英雄可依奇勛可致不免暫時抛弃肯遲疑從今大笑出門去不斬秦關誓不歸○

醜。

娘子你與我收拾行李起來卜一吉日就別你前去(旦)官人豈不聞不疑何卜行李已完備了我今日就送你

點綴有情。

登程（生）也說得是我就此拜別罷（旦）我還要送你一程
有幾句話兒叮囑你（生）娘子請先行
長拍（旦）滾滾征塵滾滾征塵重重離思迢迢的去程無際
（生）娘子你有甚言語叮囑我（旦）我欲言還止轉教人心
折臨岐無奈燕西飛更生憎影煢煢伯勞東去只怕蕭條
虛繡户禁不得門掩梨花夜雨時縱不然化做了望夫石
也難免瘦了腰肢○ 不象紅拂俠氣。
短拍（生）淚涂涂氷綃淚涂涂氷綃愁濃綠蟻為功名難免別離
白笑處囊錐解不開這些些愁緒怎理得亂繩千縷早圖個
分茅列土趲歸路促高車○ 是藥師。

尾聲家書須把平安寄（旦）織得迴文付與誰只索夢趂飛
花逐馬蹄○ 這便不妨。
（旦）郎今別去路漫漫（生）千里雲山阻笑歡
（合）東去伯勞西去燕 馬行十步九回看○ 都不象

第二十三齣 奸宄覘覦

北點絳唇（淨扮薛仁杲上）世業秦興兵鋒楚勁邊豪猛奮
起金城項刻崤函定
自家薛仁杲的便是我足追駿馬力敵萬人自我舉兵
以來不知擒獲了多少人被我斷舌劓臭埋足捶背也
不知殺害了多少人我一向頗有窺西京之意叵耐楊

素那老兒威名甚重智勇兼全故此掩甲休兵未遂所願近日聞得楊素已死正是我得志之秋不免出號中令稱兵前去將官宗羅睺等何在（衆應上）先鋒衣染血騎突劍吹毛跆失羊腸險雲橫雉尾高覆元帥有何使令（淨）我即日要起兵咸咸陽去你衆將每聽我道

（清江引）邊庭豪傑推雄猛恣殺掠人奔命怒發震雷霆志決圖吞併（合）長驅直入咸陽境

（前腔）（衆）長戈銳戟誰能競聽我主申軍令發號疾如風賞罰明於鏡（合）長驅直入咸陽境○此等處不煩便是高手

繁簡得体

赤土流星劍　烏號明月弓

朔風吹塞北　殺氣滿秦中

第二十四齣　明良遭際

（神仗兒）（外扮唐王同公子文靜領兵上）揚旗耀幟揚旗耀幟揮干整羽喜先發難制汾晉俱來從義平燕趙定梁齊城幽冀下青徐

曲至此兆成天降矣有一些人力否乎

（滴溜子）（生上）忙奔走忙奔走山馳水驅空驚眼空驚眼塞雲關樹望塵頭漫漫無際想唐王舉義師如雲如雨且候牙門向前拜趨

（外）小生末升帳生進見科（外）你是何方人氏有何技能到此投軍（生）李靖是京兆三原人少年隨侍母舅韓擒

大是

虎頗習兵法開明公起義兵願從書記之列（小生）孩兒前年曾識此人可留大用（外）你既曉兵法我即日要發兵安輯蕭銑你意見如何（生）靖聞用兵如治病急則治其標今鄧世洛聚兵數萬屯於金州討之不克倘擊蕭銑急則與世洛連兵愈爲難下今日之計只合移兵先平世洛則唇亡齒寒蕭銑不攻自破矣（外怒科）我兵已發誰敢阻當你敢是與蕭銑作說客軍令煽惑軍心者斬左右綁去斬了（衆綁生小生末同救止科）

好　貨

（祝英臺）（生）把風塵經歷盡暗處歎投珠早知如此悔不拋擲梦弃置吳鈎門外學吹齊竽到如今呵須臾聽不得鶴唳華亭又早狗烹鑄釜恨他鄉這骸骨倩誰收取○

何必

收取又不象藥師了

發見須如此

（前腔）（小生）須知遠方來仗策追隨忍使命先祖遇事敢言料敵輸謀多是應變隨機（生）明公欲定天下奈何殺壯士（末）休棄建奇勳須仗雄林豈可把片言輕試願明公把使過與使功相濟

善調停

（外）既如此說且放他起來就留在二公子帳下聽用

倒是

（生）可憐仗劒走風塵（末）帳下幾乎喪此身
（小生）得放手時須放手（外）得饒人處且饒人○

醒

第二十五齣　虢避兵燹

（眉批）妙。妙。使。水的子。弟。真是。殺人强盜

水底魚兒（淨領衆上）十萬貔貅旌旗射斗牛功名到手，席捲向神州軍士們你看所向無前勢如破竹且喜秦州已定如今分兵經畧扶風去功名到手席捲向神州（下）

前腔（丑占扮妓女上）垢面蓬頭閒花滿地愁不堪回首烟霧障紅樓平生枕席有情今日刀鎗沒趣若遇了這夥殺人的軍兵不輸似那般使水的子弟你聽金鼓之聲近來不免快走迴避不堪回首烟霧障紅樓（下）

縷縷金（旦上）玉筋落翠娥愁出門思避難欲誰投無奈弓鞋窄行行落後悔教夫壻覓封侯孤身怎奔走奴家自別良人且喜安居無事不想薛仁杲作亂打破京城人民奔竄只得毀粧混在衆人之內奔出鄉去再作道理悔教夫壻覓封侯孤身怎奔走○忘。記。了。舊。時。走。法。了。舊。時。也。不。曾。兩。个。同。走。

水底魚兒（淨領衆上）破邑屠州長河變血流星馳雲驟鬼哭與神愁軍士們已到扶風了可打點攻城凡遇男子精壯的便用他從軍老弱的竟自殺了凡女子美貌少年的送到我帳下來老弱醜的也竟殺了○不。有。宋。朝。之。美。難。免。乎。今。之。世。矣。（衆應）星馳雲驟鬼哭與神愁（下）

前腔（小淨末扮僧道上）寺觀清幽奈强梁作寇譬神通佛咒到此一齊休可奈這般兵勢赶得實難存濟別人不見老婆偏我們沒了徒弟却好了你看前面兩個婦人只

（眉批）沒。了。徒。弟。也。是。

不見老婆

待拿來出氣姐姐我和你同伴兒走（僧道妓打笑諢科）
神通佛咒到此一齊休（下）
【縷縷金】（旦）心驚恐淚交流歧路從誰問半含羞恐被朱顏悞遭他毒手水流花落鳥聲愁咸陽怎回首奴家奔走這一程且喜金鼓之聲漸漸遠了只是途路難行不知往那里去好只得向樹林叢中尋個小路漫漫行去水流花落鳥聲愁咸陽怎回首（下）○只怕和尚道士拿去出氣

第二十六齣　奇逢舊侶

【鵲仙橋】（小生）桐音重協蕙幃還共轉覺那人恩重（占）青鸞飛入合歡宮想往事恍如春夢

【清平樂】（小生）春風依舊着意隋堤柳搓得鵝兒黃欲就天氣清明時候（占）去年綉戶朱門今霄雨鬼雲寬追憶想思呪味不知幾個黃昏官人我和你今日再得完聚雖則荒村茅舍可不勝似璚樓玉宇（小生）似我衡寒冒雪訪問消息的時節誰想有今日

【解三醒】（小生）想那日瑟調琴弄嘆中途付與東風只道今生已作鴛鴦冢誰承望再覩乘龍幾回賸把銀缸照猶恐相逢似夢中（合）恩山重把斷絃再續勝似鸞封　畫

【前腔】（占）恨當時强移恩寵為相思淚染鵑紅只道高唐永隔行雲夢誰知道重上巫峰延津寶劍看重會合浦明珠　腐

要知這墅不是西明巷第一家

喜再逢〔合〕恩山重把斷絃再續勝似鸞封

〔不是路〕〔旦上〕避難匆匆改換衣妝毀玉容心驚恐未知何處可潛踪來到這村中看一灣流水三山拱（好景）五柳當門半畝宮看這宅院且是清幽不免扣門則個開門開門〔小生〕〔應科〕是誰〔旦〕相借重到門不敢來題鳳莫嫌驚動莫嫌驚動

〔小生〕是婦人聲音娘子你可出去開門〔占〕是如此開門〔作驚見科〕呀好似張美人〔旦〕呀陳美人何故在此（奇人）

應有此奇合

〔前腔〕勞想仙踪似一片花飛故苑空（妙絕）今匆冗緣何飄泊到簾櫳（江）〔旦〕我自那日見了李郎看他是個豪傑要去從他又恐泄漏因此上不曾告別姐姐竟相從他出門投主（這是供狀）我無人共誰料咸陽起賊烽心洶洶不期到此叨陪奉莫嫌驚動莫嫌驚動

〔占〕姐姐我丈夫也在此請裡面相見官人元來是舊日結義姊妹張美人〔小生〕小生見科〔旦〕不知徐官人緣何得與我姐姐重合（比你逃走的不同）

〔太師引〕〔小生〕歎飄蓬匣鏡塵埃重似孤猿別鶴和斷鴻恨匆擁玉人西去漫尋消問息難通不道因賣鏡之故得見司空那時被我渾家將新詩五言來打動因此上放出

情真

雕籠（旦）緣何來到這里（小生）我怕聽得景陽曉鐘故尋個深山深處絕踪

（小生）每常聞得我渾家道張姨工容賢德說已從李郎去了不知緣何也到此（　）已對你令政講了緣何又問

前腔（旦）霎時相見諧鸞鳳向荒村與俠士偶逢（小生）那俠士是誰（旦）那俠士姓張名仲堅他呵憐取相如四壁把家貲罄竭相供我李郎因此上懷金仗策圖建立我孤身自守房櫳誰知道强賊恣凶滿京城家逃戶走難容

前腔（占）你倉忙避冠誰趨捧況烽烟隔絕故宮你若是尋夫遠道怎禁得宿水餐風當時既叨同畫閣又何妨茅宇

相共紅不然教你西我東今日須暫留魚乘從容

姐姐倘以良人在此不便起居便當分爲兩院奴家親自陪侍未審尊意如何（倒底不停當）（旦）多謝姐姐厚意只是奴家也有一言要對姐姐說（占）有何見諭（旦）你徐官人才貌兩全況聲名素著當此立功之秋若不出去圖些事業可不枉了這般人品（好個聰慧婦人停當停當）（小生）張姨之言極是有理只是我渾家久別方叙又無女伴陪他故此遲疑今得張姨在此同住小生便出去尋些功名心上也放得下了（萬一同你令政又私奔了一个人去如之奈何）（旦）徐官人既肯納愚言奴家丈夫見在唐王府中倘若起兵他必爲將奴家修書

不見老姿

待拿來出氣姐姐我和你同伴兒走（僧道妓打笑諢科）

神通佛咒到此一齊休（下）

【縷縷金】（旦）心驚恐淚交流岐路從誰問半含羞恐被朱顏悞遭他毒手水流花落鳥聲愁咸陽怎回首奴家奔走這一程且喜金鼓之聲漸漸遠了只是途路難行不知往那里去好只得向樹林叢中尋個小路漫漫行去水流花落鳥聲愁咸陽怎回首（下）○只怕和尚道士拿去出氣

第二十六齣奇逢舊侶

【鵲仙橋】（小生）桐音重協蕙幃還共轉覺那人恩重（占）青鸞飛入合歡宮想往事恍如春夢

【太平樂】（小生）春風依舊着意隋堤柳搓得鵝兒黃欲就天氣清明時候（占）去年綉戶朱門今霄雨覓雲蒐追憶想思况味不知幾個黃昏官人我和你今日再得完聚雖則荒村茅舍可不勝似琦樓玉宇（小生）似我衝寒冐雪訪問消息的時節誰想有今日

【解三醒】（小生）想那日瑟調琴弄嘆中途付與東風只道今生巳作鴛鴦冢誰承望再覩乘龍幾回賸把銀釭照猶恐相逢似夢中（合）恩山重把斷絃再續勝似鸞封

畫

【前腔】（占）恨當時强移恩寵爲相思淚染鵑紅只道高唐永隔行雲夢誰知道重上巫峰延津寶劍看重會合浦明珠

腐

要知這裏不是西明巷第一家

喜再逢〔合〕恩山重把斷絃再續勝似鸞封

不是路〔旦上〕避難匆匆改換衣妝毀玉容心驚恐未知何處可潛踪來到這村中看一灣流水三山拱五柳當門半畝宮（好景）看這宅院且是清幽不免扣門則個開門開門〔小生〕〔應科〕是誰〔旦〕相借重到門不敢來題鳳莫嫌驚動莫嫌驚動

〔小生〕是婦人聲音娘子你可出去開門〔占〕是如此開門〔作驚見科〕呀好似張美人〔旦〕呀陳美人何故在此〇（奇人）（應有此奇合）

前腔〔占〕勞想仙踪似一片花飛故苑空今匆冗緣何飄泊（妙絕）

到簾櫳（紅）〔旦〕我自那日見了李郎看他是個豪傑要去從他（這是供狀）又恐泄漏因此上不曾告別姐姐竟相從他出門投主我無人共誰料咸陽起賊烽心洶洶不期到此叨陪奉莫嫌驚動莫嫌驚動

〔占〕姐姐我丈夫也在此請裡面相見官人元來是舊日結義姊妹張美人〔小生見科〕〔旦〕不知徐官人緣何得與我姐姐重合〇（比你逃走的不同）

太師引〔小生〕歎飄蓬匣鏡塵埃重似孤猿別鶴和斷鴻恨綿擁玉人西去漫尋消問息難通不道因賣鏡之故得見司空那時被我渾家將新詩五言來打動因此上放出

情真

雕籠【旦】緣何來到這里【小生】我怕聽得景陽曉鐘故尋個深山深處絕踪

【小生】每常聞得我渾家道張姨工容賢德説巳從李郎去了不知緣何也到此（巳對你令政講了緣何又問）

【前腔】【旦】霎時相見詣鸞鳳向荒村與俠士偶逢【小生】那俠士是誰【旦】那俠士姓張名仲堅他呵憐取相如四壁把家貲罄竭相供我李郎因此上懷金仗策圖建立我孤身自守房櫳誰知道强賊恣凶滿京城家逃户委難容

【前腔】【占】你倉忙避寇誰趨捧況烽烟隔絕故宮你若是尋夫遠道怎禁得宿水餐風當時旣叨同畫閣又何妨茅宇相共終不然教你西我東今日須暫留魚乘從容

姐姐倘以良人在此不便起居便當分爲兩院奴家親（倒底不停當）自陪侍未審尊意如何【旦】多謝姐姐厚意只是奴家也有一言要對姐姐説【占】有何見諭【旦】你徐官人才貌兩全況聲名素著當此立功之秋若不出去圖些事業可不枉了這般人品（好個聰慧婦人停當停當）【小生】張姨之言極是有理只是我渾家久別方叙又無女伴陪他故此遲疑今得張姨在此同住小生便出去尋些功名心上也放得下了（萬一同你令政又私奔了一个人去如之柰何）【旦】徐官人旣肯納愚言奴家丈夫見在唐王府中倘若起兵他必爲將奴家修書

聞好

與徐官人去他那里必有用你處不知意下如何（小生）如此甚好只怕軍門嚴急如何通得書信（旦出拂科）奴家有計在此了奴家相從丈夫之時曾扮爲男子模樣相見時他正驚疑出此紅拂方知我是楊司空家侍女如今即將此拂與徐官人帶去到那里覷個機會與他看時必有分曉（付拂科）（小生）謹領

（三學士）（旦）看你才華眞出衆更兼眉宇豐隆若還不展鵾鵬翅可不負了生平錦繡胸（合）但願功成金印重天山定早掛弓○一妹必竟是个奇人不惟成就自己丈夫并徐姨夫也成就了他

（前腔）（小生）數載飄零似轉蓬爲恩情多少磨礱今朝暫捨吹簫侶來日還圖夾日功（合）但願功成金印重天山定早掛弓

（前腔）（占）亂後分離喜再逢把歡踪又作離踪只怕你蹉跎歲月征鞍上我消歇容華破鏡中（合）但願功成金印重天山定早掛弓

（小生）蘼蕪綠處是殘春（小生）草色和烟拂馬塵
（旦）惟有西河堤畔柳（占）安排青眼送行人

第二十七齣　奉征高麗

（似娘兒）（生領衆軍士上）二卵棄干城救張蒼幸藉王陵自誇才畧誰應並看奇謀六出戰功百勝還須萬里專征○

通得通得

陳謀屢中丈夫自然樣之老務何必驕喜

偉

我自從獻策觸犯軍令幾至殺身幸得恩主與故人救取此後屢立戰功官拜行臺兵部尚書早間主上召我議事問我分合爲變奇正安在我荅曰善用兵者無不正無不奇使敵莫測故正亦勝奇亦勝三軍之士止知其勝莫知其所以勝非變而能通何以至此主上大悅稱善因問我討高麗一節我請以五萬師徃擒之少間待劉兄來議此事必有端的

【步蟾宮】（末捧劒上）虎帳談兵懸廟勝。請長纓運籌先定。長風萬里好橫行。指日勒山銘鼎。

（相見科）（末）早間主上傳下旨意來命吾兄領精兵五萬下海征高麗國這劍與你軍中行事有犯法者先斬後奏這空頭告身許你選用人才竟拜官職然後奏聞謝（爲徐德言地）

（恩科）（生）我想當初若無主上與恩兄救取此時已成枯骨豈料今日也能與朝廷當得一面○賣弄可厭。

【江頭金桂】想昝日身投陷穽幸蒙恩救此生誰道陳謀屢中遭際明聖把腹心牢訂盟因此上論戰爲兵要竭忠藎象喜拜專征新命西海橫行感恩那知身重輕把偏箱鹿角把偏箱鹿角依稀八陣寄邊庭好教淨洗單于頸只待臨期係漢纓○偉

〔前腔〕〔末〕憑着你變奇爲正，神機妙夙成，好似孫吳對壘頗牧臨陣。况師徒教閱精，待你向蜃海攻城，鯨波交刃，管取不勞而定。馳奏承明，飛銳入雲，歌凱聲穩，功酬推轂，穩功酬推轂，威彰分閫，佇勳名高標銅柱，黄沙塞圖畫雲臺，白玉京。○知己

請問李兄何日啓行。〔生〕竊聞兵貴神速，且明日支于大利，就起兵前去。〔末〕兵行之際，不得餞送，奈何。〔生〕此別不久，何勞垂餞。（不必）

〔生〕叩首欽承君命。〔末〕爵賞人人歡慶。

〔生〕朝中天子三宣。〔末〕閫外將軍一令。

第二十八齣　寄拂論兵

〔月雲高〕〔小生〕山花無限，離愁怎消遣。没奈何分恩愛，忍教拆散一寸柔腸，兩下裏相縈絆。舉步天涯近，回首雲山遠。何事關情一樹烟，惱殺行人啼杜鵑。（不是丈夫）

自與公主分手，不覺又是月餘。張姨雖與我書物，正不知他丈夫肯用我否。

〔前腔〕只怕轅門深遠，孤身怎求見。漫提起金張貴，已是人離鄉賤。若話不投機，可不枉了身勞倦。出處皆前定，空自閒嗟嘆。方信道人生行路難，怎怕得平胡北到天。（光景不像）

行了這半日，身子更覺困倦了，不免把紅拂藏好腰間

倖

如此遇合亦奇

向艸叢中少睡片時多少是好（作睡科）

（小桃紅）（生領衆軍上）軍容整肅陣勢森嚴鉄騎分前後也兩翼齊驅下首尾似循環看雲屯更風旋怕甚麽莽嵬尤狡匈奴能負險也這𡸣爾高麗何足辦指點鴨綠江邊那降旗隱隱城闉

（軍人拿德言科）禀元帥有細作在此生拿來待我自審問這厮何故閃在艸叢中（小生）小生聞李元帥出征高麗願投幕下因疲倦暫睡在此不想有犯虎威（生）你仔細說來果是何方人氏有何緣故敢逕來投我 投軍何必問着緣故（小生）元帥聽禀

好一對扯淡夫妻

（下山虎）鯫生徐姓名喚德言爲有你平安報因此敢候轅門（生）你莫不是奸細麽（小生）豈是反間憸夫也非偷營細人（生）一向西京擾亂連我家室也未知如何你緣何帶得我家信來此 一聞家信則合驚喜何必猜疑況家信真偽見之自辨也（小生）我荆婦與你夫人有姊妹緣曾同作侯門眷亂後相逢在遠村特致青鸞信不憚艱難（生）你莫不是打聽了我家中事情故把假書來哄我 不象（小生出拂遍科）試看紅拂殷勤豈偶然○ 不好了紅拂又在別人手裡了

（生）呀紅拂是我夫人的如此定是真了我亦素聞你才名如今幸得相會不惟得了家書且得賢士可喜可喜

請坐了有言望見教○既素聞他大名說着余德言三字便知張美人陳美人來歷何

故不燒他假書相哄

【蠻牌令】思家喜書傳爲國得英賢咨爾謀猷能破敵管教我勒燕然（小生）多承元帥不弃只是小生亡國之臣不可圖存敗軍之將難以語勇（生）歎包胥無衣誰念痛左車有策難言喜今日相逢馬前幸分明指與平川

久聞大名未得相會如今要征高麗先生必有妙計乞明以教我（小生）元帥雄畧蓋世豈藉餘謀只是芻蕘之言聖人所擇既蒙垂問敢不吐露竊聞高麗有鴨綠之險負固不服今新羅扶餘諸國環處其外習知其情倘

元帥發咫尺之書令彼移兵合擊是以夷狄攻夷狄爲力既易成功必速不審尊意如何（生）甚妙甚妙明日便當依計行事軍士每取条軍服色過來（拿冠服與小生科（生）下官蒙聖旨得專封拜今日就承制拜先生爲条軍（小生）小生無功豈敢受職（生）范雎入秦即拜亞卿韓信還漢便爲大將豈必拘拘汗馬之功顧言論何如耳以言取人君子者乎（小生）如此小生從命了明早就好發書各國去罷

【尾聲】（合）檄書速發如飛翰乘機夾擊莫遲延管取功成青海邊

妒

不像俠女規模

王命師中促遠征　樓船殺氣動旄旌
洗兵魚海雲迎陣　秣馬龍沙月照營
第二十九齣　拜月同祈
天下樂（旦）簾幙垂垂春雨微鞦韆院静落花飛（占）碧雲望
斷音塵杳莫怪年年顰翠眉
菩薩蠻（旦）南國滿地堆輕絮愁聞一霎清明雨雨後却
斜陽隔簾花雨香（占）無言勻睡臉枕上屏山掩時節欲
黃昏無聊獨閉門（旦）姐姐看着送你官人出去不覺又
經年了你看春色將闌好傷感人也（占）我和你空房獨
守也索自禁受只不知他每功名如何

征胡兵（旦）芳郊春老紅英墜行人那些没來由爲着功名
恐使向天一涯空自洒思君淚儘教人極目望魚書魚書
不至
前腔（占）想長楊風掉青驄尾長途怎支悵空閨漸老韶光
闌干共倚時曲曲傷心處儘教人極目盼歸期歸期不至

○他便不妒

（占）云曾分付梅香擺下香案如今天色已晚請姐姐同
去拜月祈禱則個（旦）請了（作焚香拜月科）
香遍滿（旦）幾多心事拈香拜天都訴與海月空驚人兩處
知他在那里榮枯是怎的告蒼蒼須鑒知好把人周濟

【前腔】〔占〕良人別去春來冷落愁幾許姐姐似你和我呵還有故人秉燭西窗語知他在那里吉凶是怎的願蒼蒼默護持早成他歸計○好

〔旦〕禱告已畢同向幽徑中少步一回如何〔占〕是如此姐姐請行

【琥珀猫兒墜】〔旦〕殘紅零落苔徑點胭脂流水飄香不待時多情空詠斷腸詩〔合〕腰肢擔不起一腔春恨萬縷春絲○

不象俠女亦不似夜景

光景象

【前腔】〔占〕沉沉庭院愁絕夜何其被冷香銷月上時雲遮未放滿朱扉〔合〕蛾眉鎖不住綠肥紅瘦柳寵花迷

【尾聲】〔合〕無端燕子啣春去柳絮因風滿院飛今夜還應攪夢思○好

共聽樓頭鼓二更　香堦携手且閒行
相思相見知何日　此時此夜難爲情

第三十齣　張皇天討

偉

【番卜算】〔生〕小生領軍上〔生〕赤胆佐唐堯笑把邊塵掃〔小生〕幕中借筯展龍韜座上歡同好

〔生〕鉄騎橫行鉄嶺頭西看[illegible]蹉沙笑覓矦〔小生〕青海只今將飲馬黃河不用更防秋〔生〕軍士每依着陣勢趲行前去〔衆應科〕得令

四邊靜（生）雄兵數萬稱天討揚帆定邊徼授鉞自王朝揮戈下窮島（合）任龍山峻高熊津險要指日破高麗威風播遐邇

前腔（小生）懷中艸就平胡表從軍視征勦兎窟莫深藏鯨波豈難搗（合）任龍山峻高熊津險要指日破高麗威風播遐邇（並下）

前腔 淨扮高麗王領衆上 箕封已卜千年調通江繞山嶠可怪大唐朝稱兵覷吾小紫雲氣高白衣拱抱負固是高麗徒勞肆征討

生小生領衆上戰淨衆敗走下科

前腔 生小生 你看紛紛鼠竄如風掃長河勢傾倒追逐趂波濤須教四圍繞（合）龍山已超熊津已到連戰破高麗威風播遐邇

（生）天色已晚暫且收兵明日必要追擒國王方可班師

正是挽弓須挽强　用箭須用長

射人須射馬　擒賊須擒王

第三十一齣扶餘換主

破陣子 外扮扶餘國王領衆將上 莫笑江山換主須知天地無私新年正朔從誰是故里風烟係我思羞看景物奇

舉目蠻烟和毒霧天涯舊恨知無数故鄉回首作他鄉

真豪傑

一曲琵琶一斷腸我張仲堅素有圖王之志因見中原有主故潛入扶餘與道兄徐洪客約會用一奇計使其內亂交作。國主出亡。國人見我從中安集遂推我爲主。事成之後道兄竟泛舟投弱水去了。他留下詩一首道誰是聰明誰是痴任他強弱與雄雌人生枉做千年調世事還如一局棋至今誦之使人嘆息以後聞得中國果是李世民爲天子又早是我見幾不然這時節那討我處近日遣大將李靖征討高麗國打過檄文來約我各國合兵夾擊那李靖正是我的故人我一向在此想他莫若就這機會立此功勞與他會一面却不兩便昨日已差軍士打探消息想必就回也（小旦作探子上）我是扶餘國王手下一個探子是也蒙我大王差我打探李將軍與高麗征戰消息不免回覆咱大王走一遭

（越調鬭鵪鶉）走的我汗似湯澆渾身上下水洗恰離了亂攛的軍營我急煎煎盼不到大王的這寨里只我這兩隻腳飛騰一字兒喘息看亡家覷敗國人着箭浪搶身歪馬中鎗驚急里腳失

太王探子回來了也（外）他兩下里如何厮殺怎的見手喘息定慢慢試說一遍來

（紫花兒序）且焰騰騰火燒了寨栅浪滔滔的水渰營壘不

都是水許傳帳餘可刪
可刪

剌剌馬踏碎城池英雄猛將世上無敵端的一箇箇貫甲披袍落可也的氣勢耀武揚威擂鼓篩鑼吶喊搖旗

柳營曲 鼓振的那山岳摧喊聲也似鬼神悲蕩征塵番滾滾天日晦領雄兵迎敵厮殺相持出馬來則聽得高叫一聲似春雷

外 他兩下怎生披掛使甚器械你喘息定漫漫再說

么篇 旦 孩心里耀武揚威陣面上撾鼓奪旗李将軍他冠簪着金獬豸甲掛着錦唐猊坐下馬勝似赤狻猊高麗國那將軍又不曾言名諱不使甚別兵器他使一條方天畫戟身穿白袍白甲頭戴着素銀盔猛見了則是個西方神

下世這一箇合扇刀望着腦蓋上劈那一箇拿方天戟不離了輭脇裏刺這一箇恨不得扯碎了黃旗那一箇恨不得扢支支頓斷了金錢豹尾

外 他兩下畢竟誰弱誰强誰輸誰贏

小沙門 旦 兩員將高施武藝兩員將比竝高低他兩個棊逢着對手難迴避兩員將用心機端的蹺蹊

聖藥王 高麗將命運低李將軍福分又催只他這英雄猛烈世間稀這一箇明晃晃的刀去劈那一箇忽辣辣的箭發疾咭叮噹相對在半空裡高麗將被李將軍一刀分爲兩段卒律律迸一萬道家火光飛

（外）高麗國王可曾被他拿住了不曾

尾聲（旦）只這高麗王逃奔他邦去顧不得金珠寶貝十萬錦江山管中朝穩坐盤龍的金椅

（外）賞他一斗酒一肩肉免他一個月打差（旦作謝下）（外）將官每聽令如今高麗王逃走不往女直定往新羅你一人與我扮做樵夫一人與我扮做漁父在水陸兩路駐扎待他來時唱歌爲號即時便要接應擒獲不可泄了我兵機如違斬首示衆（衆應）得令

扮成漁父與樵夫　水陸須當備不虞

計就月中擒玉兔　謀成日裡捉金烏

第三十二齣　計就擒王

（步蟾宮）（淨扮上）神龍失勢忙奔走竄身好似喪家狗金城百雉等閒收英雄恨落他人彀

英雄失志受人欺白刃無光戰馬疲得意狐狸强似虎敗翎鸚鵡不如鷄自家高麗王便是連日與李靖這廝苦戰被他殺得個片甲不回如今要投女直去請兵不免問路前去

錦上花（丑扮樵夫上）伐木四山幽揮斧風颼丁丁響處鬼哭猿愁一時休一時休出不得樵夫手

前腔（末扮漁人上）放下釣魚鈎心在竿頭釣魚怎得擺尾

李。靖。到。底。得。虬。髯。的。氣。力。

搖頭一時休一時休出不得漁人手

（淨）樵夫我要到女直去從那條路可去（丑）須要渡水去

那邊有個漁舡我喚他過來渡將軍（喚舡打照會介）（末）

將軍來我兩人扶你上船（作綁科）（淨）呀不好了你是甚

麼樣人敢縛我（末丑）我兩人也非漁父也非樵夫奉扶

餘國王軍令差來拿你如今走那里去快去見大王

（前腔）（合）小國恣凶謀戰敗何投軍機緊急怎敢淹留一時

休一時休脫不得屠龍手

樵斧聲中花木枯　漁歌一曲起菰蒲

不施萬丈深潭計　怎得驪龍頷下珠

第三十三齣　天涯知己

（賀聖朝）（生）驅兵破陣如風雨早堅城隳壘赫赫王靈明明

將令堂堂師旅（小生）班固叅軍陳琳艸檄慚愧同遭遇喜

主帥功高誰數貳師漫誇都護

我每連戰數十陣高麗雖已蕩平只是國王逃竄尚未

擒獲昨已發書各路嚴加緝捕不知如何（小生）元帥神

謀妙策周悉無遺此虜雖逃終是燕巢飛幙之上魚遊

沸釜之中不久也必授首不須懸念

（駐雲飛）（生）耀武邊陲樂浪臨屯盡掃除早騐征西計勝置

安東尉嗏百戰謝天威無勞折矢平宄安集敢負師中寄

真漢子。故人亦與有光。

只待擒王奏凱歸

前腔（小生）上將宣威萬里功成一指揮昝日揚波地今作桑田矣㗭韜畧任施爲戰無不利到處資粮何用千金費只待擒王上捷書○曲好

海棠花（外）領衆解高麗王上三載覇西隅一舉成奇蹟

牙門官可與我通報道扶餘國王擒得高麗僞王到帳下報功（生）既是歸順國王况有大功禮合迎接（生）好關目。小生接見科生作驚疑科（外）呀元來却是張兄

玉交枝（生）乍驚還喜在他鄉得逢故知想當時雲右成交誼十餘年遠隔天涯無端越鳥驚北飛誰知胡馬在西風裡論君才須當遇時但未知致身甚術

前腔（外）當時別去向西方悄投事機見扶餘國亂無明主因此上用計圖之鷦鷯不從鵬遠飛魴魚暫邇鮫人住羨君家終能致主任專征提兵萬里

玉胞肚（小生）雄材俠氣久聞君每勞夢思逢季布不羨千金識荆州萬戶何妓（合）明朝連轡卿雲繞路耀旌旗共謁明光飲至歸

前腔（生）功成萬里取元兇仗君虎威想前日發檄飛書俱是我叅軍奇計（合）明朝連轡卿雲繞路耀旌旗共謁明光飲至歸

閒甚妙

【生】叅軍你夫人與我寒荊所居是何地名【小生】喚做青山村我每班師入京亦是便道【生】既如此叅軍可領前隊人馬先駐札村口叅軍自到村中與他說知省得大軍齊到驚動他每我隨後同張兄領大軍便來也【小生】元帥何不先寄一書與我帶去【生出拂科】我歸期已近不必寫書只將此拂寄還寒荊便了【小生】元帥與張王一路同行甚好話舊也　扯淡

【生】歸程喜與故人同【小生】指日銘勳共鼎鐘
【外】一葉浮萍歸大海【合】人生何處不相逢

第三十四齣　華夷一堂

【畫堂春】【旦上】東風吹柳日初長雨餘芳草斜陽杏花零落燕泥香睡損紅妝【占】香篆暗消鸞鳳畫屏縈遶瀟湘峭寒輕透薄羅裳無限思量

【長相思】【旦】紅滿枝綠滿枝宿雨懨懨睡起遲閒庭花影移【占】憶歸期數歸期夢見雖多相見稀相逢知幾時

【二犯傍妝臺】【旦】粉褪玉肌香無邊春事掛垂楊恨落紅銷砌穩聽杜宇喚愁怍平蕪盡處春山小花壓闌干春晝長【合】一般情況幾回斷腸只落得盈盈秋水淚汪汪

【前腔】【占】閨夢繞遼陽怪來空帳冷牙床任從他銷蝶粉聽不得奏鶯簧寫愁無奈裁詩苦織錦頻添繡線長【合】一般

情兒幾回斷腸只落得盈盈秋水淚汪汪

光景好

【不是路】（小生上）金勒絲韁柳外垂鞭拂短墻停驂望依然流水遶村庄此間是了不免扣門則個開門開門（旦占合）是誰行敢是隣家女伴來相訪（開門科）（旦）呀徐官人回來了此去如何（小生）且請從容聽話長解行囊（出拂科）當

好關目

年紅拂渾無恙（旦驚科）呀爲何又帶了回來（小生）漫勞惆悵漫勞惆悵（旦）徐官人你此去莫非不曾見我丈夫麽（小生）張姨你試猜一猜

【紅衲襖】（旦）他莫不是未遭逢漂流轉異鄉（小生）他官拜尚書職任元帥統五萬之衆西討高麗也不當漂流了（旦）

這到該疑心的自已心頭有些宿病

莫不是享榮華把舊恩情渾撇樣（小生作冷笑科）（旦）待教我白頭寫恨空勞攘因此紅拂傳情竟渺茫（小生）張姨多心了請再叅詳（旦）這話兒教人怎詳（占）姐姐且放心（旦）這心兒教人怎放爲甚的舊物空歸也只落得萬縷千絲攪寸腸

【前腔】（占）官人你莫不是路迢迢風塵中到不得遼海傍（小生）我既到不得那里爲何知他的消息（占）你既到那里却元何無回音莫不是密鏘鏘劒戟把你相攔當（小生）我曾面送張姨的家書蒙他拜我爲叅軍誰敢攔當（占）

曲盡妙 妙

莫不是萬軍中痛青李送戰場因此上一封書把紅拂空

回徃〔小生〕他百戰百勝已成擒王大功安得有此〔占〕莫不是改調他方〔小生〕不是〔占〕莫不是路阻無粱〔小生〕我來得他也來得有甚麼路阻〔占〕如此說我這遭猜着了多應是將到天台也先遣劉郎候阮郎

〔小生〕是了是了李元帥與我一同班師回來特令我在前隊通報他隨後就來也〔旦〕如此謝天謝地〔衆人上〕報叅軍爺知道元帥爺下馬了

【生查子】〔生外上〕百戰定邊疆不枉身勞攘旄頭已失光凱奏金鐃響

〔生〕轉過杏花村便是桃源路〔外〕我也要見一妹一面只是陳公主在內恐不穩便〔生〕徐叅軍也是異姓兄弟便見他渾家何妨軍又報小生出迎〔旦〕呀果是官人回來了〔合拜科〕〔生〕已作經年別〔旦〕相逢似夢中〔外〕好將過徃事訴與落花風〔旦〕張兄別去已久何緣也同到此〔外〕一妹還認得我〔旦〕官人你將別後踪跡畧說與我知道

【刮鼓令】〔生〕當日赴戰場冐軍法險受殃賴聖主仁兄相救屢立奇功擒虎狠天子命我討高麗時節路上遇徐郎開緘喜聞陳姨相傍且賴他籌策破金湯不想張兄已爲扶餘國王爲徵發因得會名王

【前腔】〔小生〕辭別去杳茫歎孤身滯海邦歷盡了風波勞頓

（眉批）關目甚好

（眉批）張王一妹處大畧不似他兩俠相逢光景

（眉批）此處只合張王

之一 說舊不 合徐黎 軍秋嘴 何也渠 先歸來 只合說 過了也

久從軍駕海航自爲利名韁歸心大刀終宵怏怏喜今日返旆雲水鄉喜依然雙燕在雕梁

（前腔）（旦對生占對小生同唱）離別久暗傷減腰圍褪粉光禁不得蘼蕪春望恨王孫戍遠方寂寞度年芳今朝喜聞功成平壤看男兒衣錦早還鄉免教人買卜問行藏

（前腔）（外）歎築室道傍猛回頭淚兩行爲只爲雄心難下把他鄉作故鄉歸與已蕊蕊今朝喜與故人相向把微功漫錄在封章再休題四海一空囊

（生）張兄我當初渡江時曾拜禱西岳之廟朦朧中囙得一夢到如今想來都已應着了（念前西江月詞）他說紅

絲繫足月府跨鳳正應我寒荆出自越公之府手持紅拂一時相遇豈非奇逢說金卯正應劉兄說長弓已應張兄堯天日捧正要我盡忠大唐豈非一定之數鬼神所司我昨日進表章時已帶一款在上請將所得高麗府庫銀三百兩修葺西岳廟宇只待聖旨到來便知分曉平

（粉蝶兒）（末賚詔上）奉侍明光幸覩龍顏歡暢喜班師遣郊迎勞賞捧絲綸持玉帛榮光駘蕩（合）荷皇恩天高地厚難量

故人相別久今日喜成功寄與衙門吏丹書下九重自

愽得一个衛國夫人也不枉當初逃一奔也

家劉文靜蒙聖恩差我賫詔到李靖軍中聞他大軍駐扎在此不免着人通報則箇（相見讀詔科）詔書已到跪聽宣讀皇帝詔曰朕思創業惟艱賢良是藉茲爾李靖南平吳北破突厥西定吐谷渾今又平高麗功高愈下官成無簸遷尚書左僕射加封衛國公扶餘國王張仲堅手縛大醜歸順中國特賜節鉞加封海道大摠管叅軍徐德言累建奇計肅清海宇授丹陽刺史靖妻張氏封衛國夫人德言妻陳氏封丹陽郡夫人各賜服二襲靖所請重修西岳廟聽支軍前銀兩專遣幕官一員督修仍勑賜靈感扁額謝恩（衆拜謝科）

【山花子】（生）和風獻捷蓬萊上喜清時際遇明良聽歌謳歡騰萬方天階拜祝霞觴（合）息邊烽蒼生皐康閭閻擊壤樂未央虞庭曾取儀鳳凰惟願天心永祐皇唐

【前腔】（小生）孤身失國無依伏歎頑矺自愧圭璋喜叅謀功高定襄今朝分得餘光（合）息邊烽蒼生皐康閭閻擊壤樂未央虞庭曾取儀鳳凰惟願天心永祐皇唐

【前腔】（外）中原一別成虛想半生來客寄遐荒慘雲霞隔絶故鄉豈期功奏擒王（合）息邊烽蒼生皐康閭閻擊壤樂未央虞庭曾取儀鳳凰惟願天心永祐皇唐

【撲燈蛾】（旦）雲生五色光彩結三芝上當此太平日夫婦共

真真

遭恩眷也共歡呼瞻望任教賀燕繞華堂〔合〕好花枝時來須放笑塵埃誰解識賢良

〔前腔〕〔占〕花生銀燭光春滿珠簾上今朝共歡會佳辰永諧繾綣也看春光醞釀喜孜孜和氣籠蘭房〔合〕好花枝時來須放笑塵埃誰解識賢良

〔尾聲〕〔合〕休論聚散如翻掌還與天工做主張留取千年作話揚

今日絲綸煥薜蘿　來朝闕下聽鳴珂
花迎喜氣皆知笑　鳥識歡心亦解歌

圖書在版編目（CIP）數據

李卓吾先生批評紅拂記/［明］張鳳翼撰；［明］李贄評.—北京：國家圖書館出版社，2011.6
（中華再造善本）
ISBN 978-7-5013-4305-8

Ⅰ.①李… Ⅱ.①張…②李… Ⅲ.①古代戲曲—文學評論—中國—明代 Ⅳ.①I207.37

中國版本圖書館CIP數據核字（2010）第121096號

ISBN 978-7-5013-4305-8

書名 李卓吾先生批評紅拂記（一函二冊）
著者 ［明］張鳳翼 撰 ［明］李贄 評
出版 國家圖書館出版社（原北京圖書館出版社）
100034 北京市西城區文津街七號
發行 Tel：（010）66151313 Fax：（010）66121706
E-mail：Btsfxb@nlc.gov.cn（郵購）
印刷 金壇市古籍印刷廠有限公司
開本 八
印張 二三・五
版次 二〇一一年六月第一版第一次印刷
印數 一—二〇〇
書號 ISBN 978-7-5013-4305-8
定價 九四〇圓